短歌集

空からの羽根

石井彩子

文芸社

これは、私の三十余年の追体験。

どうか、ここから続く『私が見ている世界』を体感してほしい。
そこで何を感じるも、読者諸兄の自由である。

ただ、読んでいる間は自分に素直になってほしい——

目次

恋愛

桜咲く季節巡（めぐ）りて春が来て
君のことだけ忘れられない

だぶだぶのジャンパー着こんで街歩く
隣に君がいない現実

シャンプーのボトルの数だけ愛がある
多情多感な君の浴室

「今日会える?」
昨日もここで会ったけど
今日も会いたい君の笑顔に

山手線一周まわって一時間
君を独占している時間

蒼(あお)すぎてなぜか悲しい十二月
空の色は失恋の色

「君のため髪を切った」と言いたくて
受話器を上げた午前二時半

「男運悪い」と言い切る友達の
横顔つらい通勤電車

「今ひとり？」
会いたい会えない電話して
思わず涙頬をかすめる

いつの間に連絡一つとれなくて
自然消滅遠距離恋愛

「友達でいたい」と言って微笑(ほほえ)んだ
君の笑顔に爪を立てたい

映画館　君によく似た笑顔もつ
キアヌ・リーブス見るのが辛くて

コンビニでカップラーメン探してる
君の背中が小さく見える

「お休み」の言葉がほしくて電話して
誰もいなくて不安に駆られる

赤い糸信じているの君のため
別れることなど怖くないから

セミダブルベッドの上に座り込み
君はいつ来る？　私は待ってる

失恋の歌うたってるチェッカーズ
他人事（ひとごと）のように聴いている私

泣き顔が一番かわいい君だから
思わず今日も泣かしたくなる

「それじゃあ」と別れた君がコンビニに
入るの見てから我も帰ろう

朝起きて郵便箱を確かめる
今日も待ってる君の返事を

この人をどこまで好きになるのだろう
真夜中にふと思った一瞬

傘なんていらない今日はうたれよう
あなたのことを忘れたいから

目の前で葡萄（ぶどう）頬張（ほおば）る口元に
噛（かじ）り付きたい秋の夕暮れ

「愛してる」
甘い言葉をささやいた男が
一番信用できない

隣にいるあなたをずっと見つめてる
我も知りたしビールの苦みを

「お子様はこれで十分」
渡された麦茶がやけに苦く切ない

プラチナの指輪輝く中指は
血の通わないマネキンの指

「学校は辞めた」

「どうして！」

「不倫して」

友の人生波乱万丈

十八で一児の母となる友の
横顔に見たあきらめの色

薄紅（うすべに）の名もなき小さな花に似て
接吻（くちづけ）ねだる君の唇

潔く散るよ真夏の恋花火
我の想いも木端（こっぱ）微塵（みじん）に

一時間前まで君を愛してた
その指令は我を愛する

ひと夏の恋とは知っていながらも
君を愛する我は罪人（つみびと）？

夢枕「初めての恋」と言っていた
君の愛する我は幻

ひと夏の夢が終わりて
日常が戻ってきても残る傷跡

君よりも愛されたいと思う我
見抜いているの？
見抜かれているの？

空白の想いが色を取り戻す
隣に君がいない日常

初めての夜からきっと気づいてた
君の瞳に映らぬわが恋

恋愛の二律背反（にりつはいはん）
君とならタブーを超えていいと思えど

奪われた夢から醒めたクチヅケは
微かに香るチョコミントの味

「もう二度と
どこにも行くな」
と言われても
蜃気楼なり我の存在

愛しても裏切られた　わかってる
全てを赦す事などできずに

前歩く君の背中を捕まえて
祇園祭(ぎおんまつり)の夜闇にまぎれて

彩りが美しいから愛(め)でられる？
我の姿もこの花々も

花よりも愛されたいと思う我
愛の形は歪(ゆが)んでいても

君とみる花火は何故か美しい
　これを恋と言うかも知れず

浴衣(ゆかた)着た君の手を取り夜の中
　祭りの灯(あか)り僕らを誘う

君の手に咲く名も知らぬ花々に
　心奪われ口づけてみる

ラッピングされないチョコを渡されて
これでいいかと諦めつつも

ラッピングしてないチョコを渡しつつ
これも愛よとつぶやいてみる

マネキンの指が人へと変化する
指輪の魔力　我まだ知らない

新月の夜闇に溶け込むこの部屋で
我したためる君への文を

青空に両手いっぱい伸ばしても
全て得られぬ太陽の愛

恋文の吉報風に届けよと
首長くして一人焦(こ)がれる

君となら見たいと思えど誰もいぬ
横浜ベイの輝く灯りは

いつの日か君と私のこの関係
ブルームーンで終わりにしよう

掌（てのひら）のおむすびコロコロ笑い出す
あなたの隣にずっといたくて

もしかして隣にあなたがいなくても
季節巡りて散る散る桜

どうしてもあなたの隣が欲しいから
奪ってください私のすべて

あなたとの恋の酸っぱさ知っていく
いつから私は大人になるの？

夏草の香りと共に駆け抜ける
　　君を探して今日の恋路を

あなたから貰(もら)うと思うと特別に
　　思えてしまう一葉の紙

春纏(まと)う君に憧れ抱(いだ)きつつ
　　私は未(いま)だ冬の空色

青ざめた月より蒼き君の頬
温めたくて両手差し伸べ

握り合うこぶしとこぶしが触れ合って
別れの合図　サヨナラの声

触れ合って春だと思うこの時の
ぬくもりあふれる君の掌（てのひら）

シトシトと雨がつぶやく六月の
夜に待ちたる君からの返事

好きだよと　その一言で我が心
紅色コスモスの様(よう)に色づく

シャンパンを開ける日の夜君おらず
金色の泡　狂おしいだけ

氷張る朝　温めあう二つの手
手袋なんて今朝は無粋(ぶすい)さ

遠い空轟(とどろ)きわたる雷鳴を
怖いと共有できない切なさ

真夜中にあなたのことを思い出す
夜に秘めたる蘭の芳香

パステルの粉を払った指先で
私の頬に触れた友達

言葉さえいらない二人の仲だから
祭りの喧騒　視線を交わして

日常

『サンシャインシティ
　ここから徒歩八分』
　　歩いて行こう　君を待つため

一時間本屋で時間つぶしてる
　早く来すぎた待ち合わせの日

「モスにする？　それともマック？」

　どうでもいい話題が多い今日この頃で

ワープロを打つ手を止めて午前二時
深海の底に住まう我かも

翼もつ少年たちを窓越しに
つらつら眺むる午後三時半

コトコトと野菜を煮込んで二時間半
何ができるか我の昼食

悠然と海面漂う異国にて
じぇりーふぃっしゅと呼ばれる生き物

涼しげな風吹き渡る木陰にて
我は眠るよ君が来るまで

九つの薬てのひらコロコロと
飲み込む方の気分も知らずに

おとめ座と言われてみてもピンと来ぬ
　あなたでもない　私でもない

かほりには色はないけど夢想する
　彩り鮮やか百花（ひゃっか）の景色を

菓子パンの袋を開ける指先に
　見たことのないピンクのマニキュア

重たげなバッシュはいて歩いてく
君の足元踊る影たち

コロコロと転がっている鏡の前
色とりどりのコットンパフたち

人生

窓の外ぼんやり見つめふと気づく
時間の流れがやけに緩やか

「私たち友達だよね」
半年後忘れられてる我の存在

ベランダでシードル開けて飲み干して
心の痛みを忘れるために

幼い日　大好きだったシンデレラ
今ならわかるその残酷さ

昼下がりベンチに座ってバスを待つ
来ない来ないで日が暮れていく

何気なく手を伸ばして飲み干して
ふと考え込む野菜ジュース

いつの日か夢がまことになるという
　言葉を信じた十五年前
ガラス玉水晶よりも輝いた
　遠く幼き頃の夕暮れ
ドリカムの未来予想図その意味が
　やっと解った我二十一

図書館の片隅キーをたたく君
卒業までの日々は短し

セミの声遠くに聞いた幼い日
もう戻れないと知っていながら

いつの間に肩まで伸びた黒髪を
誉(ほ)める人なし飾るものなし

ジャスミンの香り漂う街角で
ポイと捨てたい我の存在

ふと空を見上げ呟く
「I LOVE YOU」
答える声は聞こえてこない

コンビニの灯りはまるで一里塚
夢の終わりを告げる現実

桃色の着物纏(まと)った子ウサギを
懐かしむよに愛(いと)おしむよに

風渡る丘一面のラベンダー
我を誘う眠りの奥津城(おくつき)

世の中のすべてのものが嫌になる
気鬱(きうつ)の病(やまい)に逃げ込む我も

『モラトリアム』

響きは少し好きだけど
結局何もできないだけで
断崖の道なき道を歩みゆく
傍（はた）から見るほど気楽ではない
どこにもない夢の世界に今行きたい
ま白き翼広げ飛び立ち

遠くへと行きたいような風が吹く
運ばれる先は夢のふるさと

箱根とは幼き日々の想い出よ
遠くにありて美しきもの

涙など流してみてもすぐ消える
君はいいよと　砂丘のラクダ

古（いにしえ）の砂丘のラクダが見る夢は
　現（うつつ）をさまよいカケラとなるよ

最期（さいご）の日　私が再び出会うのは
　君の顔した優しい死神

神に似た刹那（せつな）の蒼に抱（いだ）かれて
　純白のまま沈んでしまおう

雨降って地固まるというけれど
涙流れて今日五月(さつき)晴れ

澄みわたれ人の心と冬の空
麗(うるわ)しきことは輝くこととなり

君照らす月の光の青白さ
それに抱(いだ)かれ濃くなれ影よ

荷物捨ていざ旅立とう天国へ
梯子（はしご）を照らせ哀しき月光

酒を飲む母を見ながらふと思う
愛の重さを　耐える強さを

旅行

きらめきや京都の街とアンティーク
時を昇れば未来が見えるよ

参道の奥で待つ君訪(たず)ぬため
我歩きだす古道の果てへ

何となく行けることすらためらって
思いあふるるこの旅支度

二人なら見たいと思っていたけれど
今は一人のベニスの夕景

青さより小鳥の羽根を受け入れる
パリの空の柔らかさとは

群青(ぐんじょう)の外套(がいとう)纏う京娘
モノクロの雪に色添える華

目に入る五色（ごしき）の豆の囁（ささや）きが
聞こえるようだ「おいで京都へ」

チラチラと雪降り注ぐ石庭を
見ながら対する真（まこと）の己

円窓（まるまど）に映える紅葉眺めつつ
鷹峰（たかがみね）にて人生相談

飛んで行け
　私のかわらけ　保津川へ
　　悔いも恨みも涙も一緒に

蒼天の下待つことに慣れた身は
　祭りの空気吸い込んでみる

初めてのエイサー踊りの迫力に
　思わず息を殺して見惚（みと）れる

ワイキキの夜にねぶたがあかあかと
　祭りが終わる少しの哀しみ

なぜだろう　日本の夜空は漆黒(しっこく)で
　ワイキキのそれは深い藍色

オハヨウと声をかけられ振り向けば
　波とたわむる笑顔の人々

四季

炎天下アイスクリームに接吻（くちづけ）を！
裸足（はだし）にサンダル　さあ夏休み

縁側でスイカ食べ食べ空見上げ
二度と戻らぬ夏の想い出

灰色のビルの陰からギラギラと
太陽うるさい今は八月

深緑のハーブの庭を渡る風
香り爽（さわ）やか気持ち涼やか

夏芝にスプリンクラー廻りだす
かかるものはただの虹だけ

涼やかさ目で楽しみつつ頬張って
遠い遠い夏の一日

夏風と共にめぐるよ
　紀の善の氷とババロア比べてみよう

夏薔薇(ばら)の天蓋(てんがい)越しに見る月は
　銀の矢光るミチシルべなり

僕たちの背丈追い越す向日葵(ひまわり)の
　黄色眩(まぶ)しき夏の日の午後

手を伸ばし触れてみようと向日葵に
まだ伸びないでとポツリ呟く

向日葵は恋をする花
太陽に近づきたいと背伸びする花

駆け抜ける七月の風
青空に吹きあげ飛ばせ我の想いを

一抹の空しさ胸に去来して
　七色星々夜空へと散る

食欲の秋やってきて冬が来て
　この暖かさ　あなたは知らない

紅（くれない）に燃えて舞い散る散紅葉（ちりもみじ）
　人生の終わりこんなもんよと

青空と秋の先触れ告げるもの
緋(ひ)の衣(ころも)纏う曼珠沙華(まんじゅしゃげ)たち

何時(いつ)の間(ま)に夏は過ぎ去り秋来たり
ススキ野原は散歩日和(びより)

青空に枯れ葉もなきやこの秋は
夏に戻りて冬近くなり

コート着て君と二人で歩きたい
神宮外苑（がいえん）秋の空色

暖色のみかん眺めて思い出す
炬燵（こたつ）のぬくもり　冬の寒さよ

目の前のイチゴの紅（くれない）冬の華
かつての春を告げる者たち

立春といえども未(いま)だ春遠く
コートの裾(すそ)がはためく街角

襟元(えりもと)に両手を合わせて春よ来い
コートはためく立春の朝

闇の中　梅花を散らす突風に
無粋(ぶすい)だよと呟(つぶや)いてみる

天に向け腕を伸ばせやチューリップ
力受け取れ紅（べに）の盃（さかずき）

雪が止みやがて花咲くチューリップ
春を喜ぶ花の妖精

一陣の　菜の花畑駆け抜ける
風よ散らせよ我の想いを

空

鋼鉄の翼広げて飛ぶ鳥は
どこに行くのか我を置き去り

鋼鉄の鳥の翼に切り裂かれ
飛び散る蒼が　我を染めゆく

君は言う
「僕は宇宙の人なんだ」
つぶやく言の葉
「ハローワールド」

鋼鉄の翼を広げて飛ぶ鳥に
　地を這う我らは憧憬を持つ
ここならば　心を放ち見上げれば
　空突き抜ける悠久の蒼
枯れ果てた真冬の空が青すぎて
　パキリと折れてしまう悲しみ

長き時　刻みて初めて知ることは
空の青さと宇宙の蒼さ

彼方から天国の破片(かけら)降り注ぎ
輝きを増す地の天(あま)の川

青空に白く飛んでくあの雲は
アストロノーツの夢の傷跡

二人して風になった駆け抜けよう
宇宙へつながる蒼の下で

見上げればむなしいほどの空の青
飛べずに堕ちた鳥たちの夢

空高く流れていくよいわし雲
宇宙を渡る旅人の群れ

空一面あかがね色に染まるのは
天体遊戯(ゆうぎ)なのかも知れず

紅の焔(ほむら)はまるで悪夢なり
ソラへ昇れず消えてゆく鳥

薔薇の木の天から見える世界とは
白く濁りて月さえ見えずに

空見あげ深夜十時の月光が

孤独に照らす夢の懸（か）け橋

紙上遊戯　～あとがきにかえて～

たぶん、私は病的な活字マニアなのだろう。

幼い頃から、本さえあれば幸せだった。

両親も亡き祖父母も本が好きだった、という環境下で育ったせいもあるのだろうが、よほどの大病で寝込まない限り、毎日家に帰ると部屋に立てこもり本や漫画に耽溺（たんでき）した。

どんなに学校で嫌なことがあっても、家に帰れば本たちが癒（いや）してくれる。今日は何を読もう。そう思うだけで私の心は躍りだしたいような昂揚（こうよう）感に包まれるのだった。

今日は夏目漱石の描く猫目線の人間世界を疑似体験し、明日はジーン・ウェブスターの描く孤児と支援者の心の交流に涙する。そんな毎日だった。

これはどんな本を読んでも共通することなのだが、一度活字を目で追いだすと、頭の中にあたかも映画のシーンのように画像がバーッと広がり、私自身の感覚が本の内容とリンクするのだ。

主人公の喜怒哀楽がそのまま私のそれとなり、主人公の痛みが私の痛みになることすらあった。だからだろう、私は所謂（いわゆる）ホラー小説が苦手だ。主人公の見えている（であろう）ものを私も追体験してしまうので、怖くて仕方がない。

*

本書は、私がうつ病を発症する二年前より現在に至るまで書き溜めた短歌を収めた歌集である。

そもそも私が歌を詠みだしたのは、ストレス発散だった面が大きい。

初めての一首を詠んだのは、専門学校の実習帰りの、午後九時過ぎの電車の中だった。

始発の渋谷駅から乗ったため、たまたま座ることが出来て、何気なく当時使っていたノートPCを起動させ、翌日提出するレポートの修整をしようとしたのだと思う。

しかし、実習で疲弊しきった脳をこれ以上酷使するのも辛く、私はただ茫然(ぼうぜん)と空白のみのワープロソフトの画面を見つめていた。

その時、突然だった。

まるで濁りきった沼の中から奇跡のように純白の魚が現れたかのように、その短歌は私のもとへ降りてきた。

あとはもう無我夢中だった。

降車すべき駅を通りすぎたことにすら気付かないほど、次々と歌たちが降ってきたのだ。

もちろん、中には形にならず私の手をすり抜けていったものもあった。

しかし、捕まえることの出来た歌は、全てま白き紙面に形として残すことが出来た。

そして、その熱狂が醒めてふと我にかえった時、乗っていた電車は終点にたどり着き、折り返して渋谷駅に向かっていた。

あれからもう十年以上経つ。

こうして三十余年積み上げてきたものをベースにできているのがこの本である。鬱が酷(ひど)くて一文字も書けなかった時期もあったが、私の短歌における軌跡がこうして一冊の本に、形になり、まさに感無量である。

読者諸兄は読後、私の三十余年の蓄積を追体験して、何を感じただろうか。

ここから一握りの何かを感じ、それをもとにほかの本の世界に興味を持つ端緒となってもらえれば、望外の喜びである。

この本を、今まで私を支えてくれた全ての人々に捧げると共に、昨年十月四日に逝去した母方の祖母・永松千賀、及び一昨年盛夏に逝去した父方の祖母・石井栄子の霊前に捧げる。

二〇一五年盛夏　石井彩子

著者プロフィール

石井 彩子（いしい あやこ）

1978年 4 月生まれ
東京都出身
趣味：読書、一人旅、美術鑑賞、ゲーム、散歩

24歳の時より、うつ病とそれに付随する諸々の精神不安及び不眠症に悩まされ、現在も通院治療中。
極度の活字中毒者で、カバンの中に常に本か電子書籍端末が入っていないと不安になるレベル。読書傾向は、エッセイ、旅行記を中心に雑多。漫画もたくさん読む。が、ホラー小説と漫画の極端なグロテスク表現・流血表現は大の苦手。

短歌集　空からの羽根

2015年 8 月15日　初版第 1 刷発行

著　者　石井 彩子
発行者　瓜谷 綱延
発行所　株式会社文芸社
〒160-0022　東京都新宿区新宿1－10－1
電話　03-5369-3060（編集）
03-5369-2299（販売）

印刷所　株式会社平河工業社

ISBN978-4-286-16451-9